RÉPONSE

DE

M. CORMENIN,

DÉPUTÉ,

A M. LE PRÉSIDENT DU CONSEIL,

SUR LA LISTE CIVILE.

Seconde Edition.

A TOULON

Chez Pouriac, rue du Canon,
et chez MM. Bellue, Laurent et Kohn, libraires,
ET CHEZ LES MARCHANDS DE NOUVEAUTÉS.

1832.

TOULON. -- IMPRIMERIE DE BAUME.

PRIX : 20 CENTIMES.

RÉPONSE

DE M. CORMENIN

A M. LE PRÉSIDENT DU CONSEIL,

SUR LA LISTE CIVILE.

Monsieur,

Lorsque je vous ai vu monter à la tribune pour mendier, les mains jointes et d'une voix suppliante, l'aumône de la royauté ; lorsque je vous ai entendu placer si noblement dans une question d'argent, les destinées de la patrie et l'honneur de la couronne, j'ai senti un feu de honte couvrir mon front, et je rougissais, pour vous et pour un autre, des abaissemens de votre humilité.

Mais l'indignation a fait place dans mon âme à la pitié, lorsque, me désignant de l'œil et du geste, vous frappiez des éclats de votre colère les murs de notre salle, pour que l'écho en retentit dans un

Se vend à Toulon chez M. Pouriac, rue du Canon, et hez tous les Librairemas etveautés. Nourchands de autre palais, et que, sujet ardent et fidèle, vous vous enivriez en espérance des serremens de mains et des félicitations désintéressées de votre maître.

Sachez que je m'honore de vos outrages, parce que je les souffre pour la liberté.

Vous vouliez m'attacher au poteau de votre majorité, et moi, je vous traduis devant le public de la presse indépendante.

Y a-t-il d'ailleurs une seule de vos incriminations qui ne s'évanouisse dès qu'on la touche.

C'est ainsi qu'en homme de parti, vous avec dénaturé, en la tronquant, mon opinion extra-parlementaire sur l'indemnité, mesure que j'aurais flétrie dans le sens de l'émigration armée et par conséquent criminelle ; mais que je n'avais considérée seulement que dans ses rapports avec l'intérêt du principe de l'anti-confiscation, de la liberté individuelle, des acquéreurs et de la petite propriété (1)?

Quel est celui qui, pendant quinze ans, a lutté dans le conseil d'état et dans ses écrits, avec plus de labeur, de persévérance et de courage, pour la consécration des ventes des domaines nationaux ? N'ai-je pas, dans le passage même de cette note de jurisprudence que vous incriminez, et que vous n'avez peut-être pas lue, payé mon hommage aux orateurs de l'opposition, et par conséquent à vous-

_____

(1) Voyez les *Questions de droit administratif*, t. 2, p. 340, 3e édition. V. Dom. nat. et autres.

même ? Et ne dois-je pas vraiment admirer qu'un reproche si bien placé, me vienne du ministère d'un prince qui a été le mieux traité des indemnitaires, puisque la famille d'Orléans a touché du seul chef maternel 10,188,194 francs 98 centimes, et que par un procédé que je ne veux pas qualifier, elle a demandé la division des patrimoines, afin de laisser peser, sans compensation, sur l'état, dont on recevait 10,188,194 fr. 98 centimes, cinquante millions de dettes que l'état avait payé à la décharge de leur père ; en même temps qu'au détriment des lois, du trésor et du pays, on se faisait adjuger, par une pure faveur de cour, l'apanage bénévolement dégrevé de toutes charges, remboursemens ou créances de l'état. Ce qui prouve que, sous aucun régime et dans aucune occasion, les gens éminemment économes ne négligent le soin de leurs petits intérêts.

Vous vous êtes ensuite accroché, dans le tumulte de vos préoccupations monarchiques, à une phrase isolée de ma dernière lettre, pour en tirer, à la manière des réquisitoires, ce qui s'appelle un bon parti (1).

---

(1) Voyez 3e lettre, p. 27, l'état fourni par les agens de la couronne, où l'on demande positivement *un million* de rente pour des chevaux !

Voyez page 10 la note du bureau de bienfaisance du 12e arrondissement, où il est dit que 24,000 personnes

Mais, je vous le demande à vous-même, monsieur, est-il bien loyal, est-il d'usage de traduire à la barre de la chambre, un passage tronqué d'un écrit du dehors? Ne savez-vous pas qu'une phrase n'a souvent de sens et de valeur que par ce qui précède ou par ce qui suit; tandis que les discours lus tout entiers à la tribune, tout entiers entendus par la chambre, tombent naturellement dans le domaine de la critique parlementaire?

Ce n'est pas que je réclame pour moi la convenance de ces précédens et de ces usages : moi qui trouve que nous ne jouissons pas d'une liberté de la presse et de la tribune assez étendue, moi qui voudrais, si j'étais un personnage plus considérable, que mes actions, mes discours et mes écrits fussent continuellement sous les yeux et sous l'appréciation de mes concitoyens.

La phrase incriminée se défend, au surplus, d'elle-même; et quand vous me reprochez d'avoir voulu mettre aux prises la royauté avec le malheur, vous n'avez pas senti que je voulais seulement réveiller dans une âme royale quelques émotions de pitié, et vous appelez une *image* les affreuses réalités de la faim et du désespoir! et vous vous per-

---

manquent de *pain* et de *vétemens* et sollicitent, comme une faveur, quelques *bottes de paille* pour se coucher.

Lecteur, faites vous-même le rapprochement, et admirez la bonne foi du ministre.

mettez, avec une habileté travaillée, d'inculper mes intentions! Mais qui vous a donné le droit et la puissance de sonder le fond de mes pensées? Depuis quand ainsi que notre vie domestique, nos intentions ne sont-elles plus une chose murée?

Vous dites que je n'ai pas osé entretenir la chambre de mes doléances économiques! mais j'ose bien vous attaquer et je signe. J'aurais dû peut-être, n'est-ce pas, comme vos orateurs à la suite, aller prendre de vous le mot d'ordre, pour savoir quand je dois parler ou me taire? Mais apprenez que je ne suis ni votre sujet, ni même votre serviteur. J'agis dans la pleine indépendance de mes propres directions. Je choisis, dans l'intérêt de mon pays, où je le préfère, le terrain de ma polémique, et comme je suis maître de mes discours et de mes actions, je suis maître aussi de mon silence.

Je sais bien que vous n'auriez pas été fâché de broyer ma parole, trop sincère et trop vive, entre les murmures et les froissemens de votre majorité. Vous êtes si généreux!

Que venez-vous toujours nous jeter à la tête votre royauté de juillet? Me prenez-vous pour un usurpateur de la souveraineté du peuple?

Il y a eu une révolution en juillet contre et pas pour une royauté, et je ne sache point que le peuple vainqueur se soit assemblé dans ses comices, pour en reconstituer une autre. Vous voulez parler apparemment de la royauté du 7 août , et celle-là vous savez qui pouvait la faire et qui l'a faite.

Mais brisons sur ce chapitre , car je ne pourrais décemment vous faire l'honneur de me mesurer avec vous , homme de finance , que si vous étiez aussi fort dialecticien que M. Kératry , et je dois vous rendre la justice de dire que vous n'avez , de ce côté-là , aucune prétention , et que votre arme la mieux trempée , en matière de logique constitutionnelle , est celle du réquisitoire.

En assiégeant les abus , en me nommant, en montant sur la brèche , en m'exposant à vos coups, j'ai sacrifié sans espérance, ma tranquillité à mon devoir, et je ne m'en repens pas.

Tout citoyen doit à son pays ses biens , son repos , sa vie même , et surtout la vérité. Ce n'est point en palliant le mal qu'on le guérit. Ce n'est jamais la vérité qui tue , c'est l'erreur.

Comment, lorsque vous recevez les félicitations de la couronne et que vous venez à elle les mains pleines d'or, de châteaux, d'apanages, et de forêts, vous vous lamentez , et ne dirait-on pas que l'on étend sous vos reins un lit de feu? Et nous , lorsque sans autre inspiration et sans autre récompense que notre conscience d'honnête homme, nous consumons nos veilles à servir la liberté et à défendre les contribuables, croyez-vous que, déchirés par le fouet de vos calomnies, nous dormions sur des roses?

Mais c'est assez me défendre. Répondez à votre tour.

Non pas que je veuille, à votre irascible exemple attaquer en vous l'homme privé, l'homme intentionnel, l'homme extra-parlementaire. Je ne prendrai pas sur vous cet avantage, et je m'arrête aux limites de mon droit. Député, je ne me crois permis de considérer en vous que le député et non l'individu.

Lorsqu'en 1825, on vota la monstrueuse liste civile de Charles X, pourquoi vous, membre de l'opposition, gardâtes-vous alors le silence que vous reprochez à mes amis?

Lorsque j'entrai dans la chambre de 1828, plein de votre renommée, je tendais l'oreille aux accens de ce fier tribun, et je la sentis glacée par le mûtisme d'un ministériel.

Lorsque je demandai le rétablissement du jury vour les délits de la presse, ce jury qui nous penge aujourd'hui du scandale de vos procès, vîntes - vous m'appuyer ? je ne m'en souviens pas.

Lorsque, fonctionnaire amovible, j'attaquais coup sur coup et corps à corps, aux risques de perdre le fruit de vingt ans de travaux, les cumuls, les sinécures et les folles prodigalités de la restauration, vous député, si indépendant et si prompt,

vous restâtes sans chaleur et sans voix pour me
défendre (1 .

Lorsque je combattais l'hérédité de la pairie ,
me pressâtes-vous les mains avec Lafayette ?

Lorsque je suppliais l'abolition des ruineuses
dotations de l'autre chambre , ne vous levâtes-vou,
point contre moi ?

Lorsque je votai contre le budget de 1829, je
n'entendis pas, en plongeant ma main dans l'urnes
votre boule noire tomber sur la mienne.

Rabattez donc deux années de vos quinze ans
d'opposition qui, malgré vous et si souvent vous
reviennent comme un remords.

Si vous alliez penser , Monsieur, que j'ai quelque
antipathie pour votre personne , détrompez-vous.
Si j'étais assez malheureux pour haïr qui que ce

---

(1) « Mandataires des contribuables , députés des dépar-
» temens, chez qui la contagion, des cumuls et des sinécures,
» n'a point encore pénétré , vous vous rappellerez com--
» bien de sueurs, de larmes et de gémissemens, il en coûte
» au pauvre pour acquitter la moindre cote de l'impôt, et vous
» répondrez qu'en présence de tant de misère, les étalages
» d'une indigente libéralité vous touchent peu, et qu'il y
« a plus de vraie gloire à un gouvernement à économiser
» à propos un seul écu, qu'à en dépenser magnifiquement
cent mille. »

Discours de M. de Cormenin sur les cumuls. (Session
de 1829,)

Mon langage n'a point changé, et le votre ?

soit , je briserais ma plume ; car la haine met le trouble dans la raison et l'injustice dans le cœur. Je ne le cacherai même pas : votre brusquerie me plaît lorsqu'elle ne s'emporte pas jusqu'à la colère, et j'aime le tour vif et naturel de votre éloquence, qui vaut cent fois mieux que les tirades de collége ampoulées que vous débitez à la tribune, et que vous n'avez pas faites.

Mais en mon âme et conscience, vos doctrines politiques et la marche de votre administration mènent à mal mon pays , et mon devoir est de le dire , comme mon droit est de le prouver.

Souffrir , payer et se croire heureux , voilà vos maximes de finance.

Renier les faibles et adorer les forts , voilà vos maximes de politique.

Placer l'honneur dans l'argent et la grandeur dans le luxe , voilà vos maximes de morale.

Vous tenir entre deux principes sans en adopter aucun ; parler sans cesse du pouvoir et jamais de la liberté ; des besoins fastueux du trône et jamais de la misère , de l'instruction et de la moralisation des peuples ; préconiser la révolution de juillet et décliner ses hommes et ses conséquences ; contenir les uns par la peur et séduire les autres par les promesses : voilà le thème que , depuis 9 mois, vous jouez avec des variations, sur les mots de guerre, émeute, crédit, presse, élection, pairie, liste civile ; vous allez par bonds tantôt lents, tantôt précipités; vous vous jetez à droite et à gauche; vous avancez et vous reculez; vous fatiguez vos organes; vous n'avez ni ensemble, ni unité de vues, ni plan de quelques jours, ni confiance dans votre propre génie, ni sympathie populaire, ni doctrines fécondes, ni haute moralité, ni avenir. Est-ce ainsi qu'on règne, est-ce ainsi qu'on gouverne le peuple le plus intelligent et le plus sensible de la terre?

Qui sait votre esprit, sait vos paroles. Vous pouviez donc, Monsieur, vous dispenser de nous exposer vos argumens généraux sur la liste civile; car, nous les connaissions d'avance. A qui veut beaucoup d'exagération dans le pouvoir, il faut aussi beaucoup d'éclat, de cette sorte d'éclat qui brille le plus à vos yeux, l'éclat de l'argent.

Vous avez commencé par inaugurer les effigies de la royauté, dans le temple de la Bourse.

C'est très-bien! maintenant, veuillez, je vous prie, nous réciter pieusement quelques articles de votre adorable symbole.

Le premier, dites-vous, est que Charles X coûtait à l'état 25 millions, tandis que Louis-Philippe n'en coûtera que la moitié; d'où il faut inférer que Louis-Philippe, selon vous, et le canon de juillet, selon nous, vaut à l'état 12 millions d'économie.

Vous faisiez mieux vos calculs, Monsieur, il y a deux ans, sur le comptoir de votre banque.

En effet , si vous vouliez bien retrancher la dépense entière de la vénerie , de la grande aumônerie , des maîtres-d'hôtel et gentilshommes de la chambre , des pensions, indemnités , avances remboursables , dettes et traitemens divers , de la monnaie des médailles , de la maison militaire, de la dotation des princes et des théâtres , et moitié sur les autres dépenses , vous verriez qu'il ne restait pas de net à Charles X personnellement plus de 7 à 8 millions. J'ai donc dû en conclure , avec 107 députés, que Louis-Philippe sera plus riche que Charles X.

La richesse, Monsieur, vous le savez mieux que moi , n'est jamais absolue, mais relative , et ne se suppute point d'après ce que l'on reçoit, mais d'après ce que l'on dépense.

Croyez-vous que si quelque jour , il prenait fantaisie à quelque révolution de nous imposer un président au lieu d'un roi, et que ce président vint à nous demander 4 millions de liste civile , en disant qu'il en épargne 16, puisque Louis-Philippe, en touchait 20 , nous ne lui répondrions pas que nous avons voulu un président à bon marché? Eh bien! nous voulons aussi avoir un roi à bon marché, et , pour le moment, nous ne l'avons pas, s'il est vrai que Louis-Philippe va jouir , en famille, d'un revenu énorme composé ainsi qu'il suit :

Liste civile. . . . . 12 millions.
Dotation de la couronne. . . . . . 4 millions.
Dotation du prince royal. . . . . . 1 million.
Apanage, biens de tutelle et privés. 7 millions.

Total. . . . . . 24 millions.

Sans compter 13 millions de capitaux, dit-on, dont six employés en acquisition de bois, et sept en prêts sur nantissement.

Voilà donc 24 millions de revenu, partie en bois qui couvrent la surface de 151 lieues carrées. Otez-en douze pour les charges, entretien, graces et dépenses de toute nature et Louis-Philippe fera, chaque année, au moins 12 millions d'économie net.

Honni soit qui mal y pense! Je parle ici sans acception de pays et de personnes. Brésiliens et Wurtembergeois, Bavarois et Belges, Anglais et Français, quel est le peuple constitutionnel qui ne tremblerait à l'aspect des proportions d'une liste civile démesurée?

C'est que, Monsieur, au fond d'une grosse liste civile, il y a plus qu'un chiffre. Il y a un symbole d'aristocratie et d'immoralité; il y a des machines de guerre contre la presse; il y a une entreprise vivante et organisée contre les institutions du pays; il y a une contre-révolution toute entière.

Le second article de votre culte, est qu'il faut éblouir les masses par l'éclat du trône, c'est-à-dire, en d'autres termes, qu'il faut jeter de la poudre aux yeux.

Mais c'est là, permettez-moi de vous le dire, un métier de charlatan. Détrompez-vous, monsieur, nous ne sommes plus au temps ou les prêtres, cachés dans le tuyau d'une pagode dorée, faisaient rouler ses yeux et tonner sa voix, comme l'oracle vivant des dieux. Nous avons vu trop d'empires bouleversés, de majestés déchues, et de rois voyageurs, pour garder dans nos cœurs la plus petite étincelle de la religion monarchique. Quand je songe que, moi deux-cent-vingtième, j'aurais pu faire un roi en moins de temps et avec moins de peine, que je n'en mets à vous écrire ces lignes, vous concevez ce que peuvent être, d'après cela, le genre et la portée de mes illusions sur la royauté. Pour vous encore, je comprends que vous mettiez un peu d'amour-propre, en qualité de créateur, à embellir l'ouvrage de vos mains ; mais le peuple qui n'a pas fait un roi, pas plus que moi ; le peuple qui calcule, pas si bien que vous, sans doute, le peuple se demande ce que peut coûter un roi. Il sait très-bien que ces fêtes théâtrales où il n'est point admis, ces carosses reluisans dans lesquels il ne montera jamais, ces frémissemens d'une musique voluptueuse, dont les sons n'arrivent que de loin à son oreille, ces palais resplendissans du feu de mille bougies, ces délicatesses de banquets, ces éblouissemens du luxe, ces pompes, ces grandeurs, ces richesses, c'est lui pauvre, lui qui n'en jouit pas, lui qui les paie! Le peuple ne croit pas qu'il y ait dans les caves des Tuileries, des filons souterrains d'où l'on tire, chaque jour, du minerai d'or; il sait que c'est lui qu'on exploite, lui seul. Il ne comprend pas pourquoi l'on donne tant de superflu, lorsque lui-même n'a pas souvent le nécessaire; et sa considération pour la royauté, loin d'augmenter, diminue en proportion de ce qu'elle lui coûte. Vous aurez beau lui dire que les députés de la France, séduits jusqu'aux larmes, par l'attendrissement communicatif de votre éloquence, se sont laissés aller à donner, en son nom, tant de millions au roi; le peuple répondra que votre éloquence, qui l'appauvrit, le touche fort peu; et quant aux députés qui font, avec tant d'obligeance, les honneurs de sa bourse, s'il allait demander tout simplement à voir sa signature au bas de leur mandat!

Votre troisième article de foi est : qu'il y a alliance entre les légitimistes et les hommes du mouvement, de même que M. de Serres disait qu'il y avait alliance entre vous et les hommes de l'extrême droite.

Ainsi de ce que deux partis opposés l'un à l'autre, prouvent que vous n'avez pas raison, vous en concluez que tous deux ont tort. La belle conclusion!

Ne comprendrez-vous point qu'il n'y a que les

hommes, sans foi politique qui s'allient pour se tromper ?

Ne comprendrez-vous point qu'avant que les deux extrémités ne se joignent, elles vous rencontreraient en chemin, puisque vous vous trouvez au juste milieu !

Ne comprendrez-vous point que vous n'êtes ni dans la légitimité, ni dans l'usurpation ni dans la guerre ni dans la paix, ni dans l'erreur ni dans la vérité, ni dans le bien ni dans le mal. Ou êtes-vous donc ? Je viens de le dire.

Ne comprendrez-vous point enfin que la révolution de juillet est toute entière dans le principe de la souveraineté du peuple, substituée au principe de l'octroi royal, et que votre capitale erreur est de confondre perpétuellement ces deux principes, dont les conséquences s'éloignent entre elles de toute la distance qu'il y a entre le droit et l'arbitraire, entre le monopole et la nationalité ?

Votre souveraineté, ce n'est pas celle du peuple que vous reniez dans votre symbole, c'est celle de la raison, c'est-à-dire de votre raison à vous, qui n'est pas la mienne, ni celle d'un autre. Votre drapeau, c'est celui de la légalité. La légalité de quoi ? Je vous préviens que j'ai dans mon bulletin, à votre service, 32 mille légalités de tout forme, de toute origine et de toute couleur. Laquelle est-ce donc ? Votre figure de légalité est tellement barbouillée sur le drapeau du 13 mars que je ne puis la reconnaître.

Au surplus, ce n'est pas la moindre de vos inconséquences de vous imaginer que vous êtes conséquent, et vous vous surprenez, par momens, à croire que vous avez un système et des principes.

Toutefois, je dois avouer que dans la confusion inextricable, parlementairement dite *gachis*, où nous nous trouvons enfoncés, il n'est pas très-facile de s'ajuster, et de se remettre; et je ne serai pas assez exigeant pour vous prier de vouloir bien concilier une royauté populaire, avec l'absence du peuple dans les assemblées primaires, dans les assemblées communales, dans les assemblées électorales, dans les assemblées législatives, une royautéconstitutionnelle, avec une seconde chambre nommée par les ministres; une royauté bourgeoise, avec tant de châteaux; une royautééconome, avec tant de millions; une royauté citoyenne, avec la qualification insolente de sujet; une royauté française, avec le funèbre abandon de la Pologne; une royauté modeste, avec des couronnes de chêne ou de laurier sur ses images; une royauté républicaine, avec une cour, des dames présentées, des deuils officiels, des trônages le chapeau sur l'oreille, en présence des députés de la nation, tête nue, des appellations féodales, des maisons princières et des oripeaux monarchiques!

Votre quatrième article de foi est que s'il est

permis d'examiner les actes des ministres, il n'est
pas permis de jeter un œil profane sur la personne
du monarque, et vous soutenez cette partie de
votre symbole en objectant aux traits qu'on lance
sur la liste civile, le bouclier de l'irresponsabilité
royale ; mais, quelque soit encore aujourd'hui
l'étendue de cette fiction, à laquelle la révolution
de juillet a fait une si rude brèche, l'irresponsabilité
royale ne va pas jusqu'à séparer la personne du
prince de la constitution de sa maison.

Car la liste civile est un service public. Or, quand
je discute un service public dont quelque ministre
répond, j'ai droit de discuter le ministre ; et quand
je discute un service public dont le ministre ne
répond pas, qui donc répondra et qui discuterai-je ?

Lorsque le ministre ne dit pas ce qu'il veut pour
le prince, et que le prince lui-même n'explique
pas ses dépenses, ne faut-il point, de toute nécessité,
que les députés, pour remplir leur devoir, pénètrent
dans l'intérieur de ses goûts, de son caractère,
et de sa maison ?

Comment ! j'aurai pu dire que Charles X était
un roi parjure, et je ne pourrai pas dire que
Louis-Philippe est un roi économe ? Comment !
les pontifes chrétiens pourront, dans la chaire de
vérité, tonner contre les vices des rois absolus,
et moi, mandataire du peuple, je ne pourrai point,
par l'organe de la presse vérité, blâmer les pen-
chans d'un roi électif et la rapacité des courtisans?

Est-ce que la presse n'est pas aussi un pontificat politique, le plus saint de tous? Est-ce qu'il faudra que, pour plaire à ceux qui reçoivent, j'épaississe le bandeau sur les yeux de ceux qui donnent? Est-ce que quand je vois qu'on va forcer la caisse du peuple pour en tirer de trop fortes sommes, moi sentinelle je ne dois pas crier au secours? Est-ce que, parce que vous avez fait de Louis-Philippe un roi irresponsable, vous auriez prétendu en faire un homme infaillible? Pour oser prêcher, en pleine chambre, de si grosses hérésies, vous vous croyez donc bien sûr de votre majorité !

Votre cinquième article de foi, et vous croyez beaucoup à celui-là, est que Louis-Philippe a fait un sacrifice sublime en acceptant le fardeau de la couronne.

C'est en effet, un genre de sacrifice assez semblable à celui que vous prétendez avoir fait en acceptant le fardeau du ministère. Il y a, Monsieur, un peu trop d'orgueil, peut-être, dans un ministre et dans un roi, à s'imaginer que la nation ne pourrait vivre sans eux. Est-ce que les nations périssent, faute d'un homme? Napoléon qui portait l'Europe dans la paume de sa main, est tombé et la France est encore debout ! Quoi! la France périrait irréparablement, si l'un ne règne, et si l'autre ne gouverne. On ne murmure, à voix douce, ces flatteries là que dans les palais des rois et dans les salons de leurs ministres. Sachez, Monsieur, qu'il n'y a d'irréparable que la honte de trahir la liberté, après l'avoir servie !

A qui persuaderez-vous que tout autre gouvernement eût laissé Louis-Philippe d'Orléans à une lieue de la capitale, compter tranquillement ses cinq millions de rente, sous les frais ombrages de Neuilly ? Il fallait choisir entre la patrie et l'exil, entre des biens immenses, et la confiscation peut-être, entre l'éclat du trône et les tristesses d'Holy-Rood, entre une liste civile de vingt millions, qui pointait dans l'avenir, et les extrémités nécessiteuses d'une fuite précipitée.

Voilà l'expiation des amertumes du sacrifice ! le voilà reduit, sans flagornerie et sans phrase, à sa plus simple expression.

Comparez maintenant ce sacrifice à celui de l'artisan et du laboureur qui quitte la bèche ou la navette, seul gagne pain de sa famille, non pour monter sur le plus beau trône de l'univers, mais pour aller obscurément mourir sur un champ de bataille en défendant sa patrie.

Mais ce n'est point pour cet ignoble prolétaire que vous avez étudié l'art de cadencer vos soupirs, et que vous avez des larmes dans la voix !

Enfin le sixième et dernier verset de votre crédo symbolique est, qu'il y a légalité à ne point forcer le prince en recette des 9 millions 500,000 fr. qu'il a reçus de trop ! Que vous interprétez mal Louis-Philippe.

Un roi qui a l'âme grande, ne regarde pas, Mon
sieur, lorsqu'il s'agit de bénéfice personnel, ce
qui est légal, mais ce qui est loyal. Il ne laisse
point planer sur les plus grands citoyens, pour se
faire généreux sans générosité, le soupçon d'un
don avilissant. Il entend crier au fond de son cœur
une voix qui lui dit : rendez ou justifiez! Enfin, il
se souvient, au besoin, qu'il y a des comptes plus
anciens dont le peuple a fait solder l'arriéré!

Ah! Monsieur, quel scandale pour un sujet aussi
pieux, lorsque malgré votre appel à notre tou-
chante *unanimité*, vous avez vu 107 incrédules,
renier significativement avec moi, votre symbole,
votre liste civile et vous!

Si, après les glorieuses journées de juillet,
nous avions eu le bonheur d'avoir pour roi Henri
IV et pour ministre un autre Sully, et il fût venu
à notre chambre des députés, et nous eût dit :

« Messieurs, je suis touché des excessives pro-
fusions de votre libéralité; mais j'ai de grands biens,
et je ne veux rien prendre dans la bourse des contribuables. J'aurais souci qu'on se prît à dire :
Vous voyez le roi Henri qui demande tant d'écus :
si c'était pour donner des grosses dots à ses filles,
pour amortir les journaux, pour corrompre les
représentans de la nation, ou même seulement,
pour le contentement de thésauriser !

» Je serais bien honteux que ces braves gens
de Paris et des autres pays de France, se mon-

trassent plus désintéressés que moi, et qu'ils re-
tinsent sur leur nécessaire, de quoi augmenter
démesurément mon superflu. Je ne veux pas qu'il
soit dit que, par levées d'argent et pour moi,
j'aie empêché quelques Français de mettre la poule
au pot le dimanche, et que pour faire danser les
courtisans, j'aie cassé les violons du peuple. Je
ne veux pareillement que mon fils aîné soit renté
par le trésor de l'état, car j'ai envoyé mes enfans
au collège pour en faire, non des princes, mais
des citoyens. Je puis, avec les bons revenus de
mes terres, maisons, forges, usines, canaux, bouti-
ques, forêts, rentes, indemnités et capitaux,
satisfaire royalement à leurs besoins et plaisirs, et
même, du reste de mes épargnes, je veux, dans
ces temps dûrs, soulager les pauvres qui souffrent
et qui se lamentent. Car, après ma suffisance,
mon bien est à eux. Mon trésor, c'est leur amour;
mon cœur voudrait être assez grand pour les contenir tous, et ma meilleure envie est qu'ils ne m'ap-
pellent pas tant leur roi que leur père. »

Croyez-vous, Monsieur, que ce simple discours
n'eût pas rendu le roi plus riche de l'affection
du peuple, qu'il ne le sera avec bien des millions,
et plus puissant qu'il ne le deviendra avec des
centaines de mille hommes. C'est le chemin des
cœurs qu'il faut savoir trouver, et malheureusement
jusqu'ici vous n'avez su trouver que le chemin
de notre bourse.

Qu'avez-vous fait de cette France si resplen-
dissante de patriotisme et de gloire aux rayons
brûlans de juillet? Vous avez comprimé les pieds
et les mains de cette géante, et vous avez attaché
à ses flancs les lourdes ailes de la peur; vous
avez fait de cette femme libre une flatteuse; et
de cette reine une mendiante; vous n'avez compris
ni votre siècle, ni votre 'pays; vous n'avez vu
dans la profondeur sociale d'une révolution, que
la superficie d'un accident, et qu'un changement
de roi dans le changement d'un principe; vous
n'avez cherché la paix extérieure que dans les men-
songes des protocoles, vous pouviez faire alliance
avec les peuples, et vous l'avez faite avec les rois;
vous avez jeté sous la massue autrichienne, les
fils des anciens Romains, ces héros tout frémissans
de liberté, qui se ressouvenaient de leurs pères;
vous avez laissé la Pologne aux prises avec un
barbare, lutter pour vous, lutter sans vous, jusqu'au
dernier jour, et expirer en vous maudissant! (1)

_____

(1) Avez-vous lu. Monsieur, les foudroyantes paroles
que vous adressez aujourd'hui le président du gouvernement
national de la Pologne, ces paroles dont nous rougissons
pour vous?

« Un permis de séjour m'a été refusé par le président
» du conseil. Je vais donc chercher une terre *plus hospita-*
» *lière*, et je dis mes adieux à la France, en protestant,
» *devant ses mandataires*, contre un acte du gouvernement,
» dont la nation n'acceptera pas sans doute la responsabilité. »

Et votre administration intérieure, quels ont été ses actes, son esprit, sa paix, ses instrumens, ses services, sa gloire et sa force ? Vous avez comprimé les émeutes par la puissance des baïonnettes, au lieu de les prévenir par les développemens du travail et les concessions de la liberté ; vous n'avez pas senti, malgré les hautes révélations de juillet, qu'il y avait plus de moralité, de patriotisme, de vertu et de lumières, parmi les prolétaires de la pensée et des beaux-arts, de l'agriculture et de l'industrie, que parmi ces classes supérieures que travaillent sous des formes élégantes les corruptions de l'ambition et l'égoisme de la cupidité ; vous n'avez pas vu qu'il y avait souvent plus de désintéressement dans l'âme d'un ouvrier que dans l'âme d'un roi ; vous avez substitué au principe de la souveraineté du peuple le principe de l'omnipotence ; et comme vous avez cru que, pour faire une constitution et un roi, on pouvait se passer d'un congrès national, vous croyez qu'avec l'opinion d'une majorité législative, on peut se passer de l'opinion du pays ; vous avez condamné à la mort politique 9,800,000 citoyens sur 10 millions ; vous avez, au mépris des suspensions de la charte, institué des législateurs par ordonnance, vous avez

---

Ainsi, Monsieur, à la prière d'un Russe, vous traquez les Polonais, vos frères, vos sauveurs peut-être, sur la terre hospitalière de France, et en face de cet anathème, vous pouvez danser, vous pouvez dormir !

refoulé vers le centre de vos bureaux la vie des
extrémités de l'empire, vous avez souvent imprégné
du fiel de votre colère les âmes des députés, comme ces odeurs âcres et fortes qui corrodent et brû-
lent tout ce qu'elles touchent ; vous avez matéria-
lisé le génie et la moralité de la révolution de
juillet ; vous avez énervé sa force et mouillé ses
flammes ; vous avez laissé tomber sur nous du haut
de la tribune, la flétrissure de sujet, et vous ne
l'avez pas effacée par un désaveu solennel !

Vous garottez la presse dans les liens du tim-
bre et de l'incarcération provisoire, et vous osez
dire que la presse est libre ! Vous laissez subsister
le monopole universitaire, l'excès des pensions, .
la souillure des jeux, l'immoralité des sinécures,
et le scandale de la loterie, et vous prétendez
que vous aimez le peuple ! Vous déguisez sous
l'artifice des chiffres l'énormité de nos dépenses,
la menace pendante d'une banqueroute, et vous
faites célébrer par vos orateurs que le printemps
de la prospérité publique fleurit au milieu de l'hiver,
Vous contraignez le pauvre par l'exorbitance de
vos impôts, à boucher la seule croisée par laquelle
filait jusqu'à lui quelques rayons de lumière, et
vous en affranchissez les innombrables fenêtres
des innombrables palais du roi citoyen ! Vous faites
crier à l'encan par vos percepteurs, les meubles
de la femme du peuple qui ne peut pas payer son
douzième, et vous mendiez pour un seul homme ,

mois par mois, un million insaisissable de provisions alimentaires ! vous lancez des contraintes contre l'employé qui, sur la feuille d'émargement, a touché quelques centimes de trop, et lorsque le premier fonctionnaire de l'état a reçu du trésor neuf millions au-delà de son traitement, vous demandez, Monsieur, que sans justification de dépenses, sans contrôle, sans décompte, sans énonciation, sans rapport, on vous aumône encore ce don féodal de joyeux avènement !

Allez maintenant et réjouissez-vous !.... Le peuple, par les mains de ses représentans s'est dépouillé pour vous vêtir, vous nourrir et vous loger. Ses trésors, ses palais, ses jardins, ses parcs, ses eaux, ses diamans, ses bibliothèques, ses musées, ses fermes, ses forêts, il vous a tout remis ; il ne lui reste plus rien que son ilotisme et sa misère. Vous devez être content !

Mais souvenez-vous que la logique ordonne le monde, et que les gouvernemens ne manquent jamais impunément aux conditions de leur principe. Souvenez-vous que lorsque l'esprit de vertige s'empare une fois de quelque dynastie, ni la puissance des bayonnettes, ni l'invocation des chartes, ni les cris, ni le désespoir, ni les bras tendus vers le ciel, ni les larmes tardives du repentir, ne peuvent la retenir sur le glissant du précipice. Il n'est plus temps alors de retourner en arrière. Marche, lui dit en la poussant le démon

de la fatalité ; marche, marche donc! et n'enten-
dez-vous pas les dynasties de Louis XVI, de Napoléon, de Gustave, de Guillaume et de Charles
X, qui tombent avec fracas les unes sur les autres,
et qui roulent pêle-mêle au fond de l'abîme ?

Les peuples libres n'abdiquent jamais leur souveraineté. Ils prêtent le pouvoir, ils ne le donnent pas.

Lorsqu'une dynastie ne fonctionne plus à son
usage, la nation lui retire la puissance qui vient
d'elle et qu'elle lui avait communiquée. Alors
qu'on croit qu'elle rétrograde, la liberté ne fait
que des pauses. Et puis ensuite, semblable aux
dieux d'Homère, elle s'avance par bonds dans les
champs de l'avenir. Je le crains bien, Monsieur,
les races dynatisques s'en vont, et peut-être avant
qu'un demi-siècle ne s'écoule, le soleil, dans sa
course, ne les verra plus sur la terre d'Europe.
Ils approchent ces temps de nationalité où, les
despotes armés du compas des protocoles, ne se
distribueront plus les peuples sur la carte, comme
les bouchers, dans une foire, se distribuent des
lots de moutons ; ces temps de la grande civilisa-
tion où l'excessive misère ne sera plus aux prises
avec l'excessive richesse, l'ilotisme avec le monopole, le travail avec l'oisiveté, la vertu avec la
corruption, le désintéressement avec la cupidité,
et l'intelligence avec la matière ; ces temps de gou-
vernémens à bon marché, où des listes civiles

de 20 millions pour un seul homme, quelque soit son nom et son rang, ne figureront plus que dans l'imagination orientale de quelque conteur des Mille et une Nuits; ces temps enfin où la liberté, réveillant le reste des nations endormies sous les tentes du despotisme, leur dira d'une voix forte ce que vous dites à vos centres: Peuples, attention ! debout!...

CORMENIN.

www.ingramcontent.com/pod-product-compliance
Lightning Source LLC
Chambersburg PA
CBHW061627180626
46818CB00005B/2265